Broderies
Marjane Satrapi

刺 绣

[伊朗] 玛赞·莎塔碧——著

马爱农——译

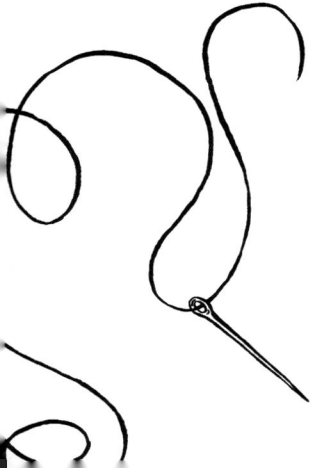

北京时代华文书局

图书在版编目（CIP）数据

刺绣 /（伊朗）玛赞·莎塔碧（Marjane Satrapi）著；马爱农译 . -- 北京：北京时代华文书局，2025.6. -- ISBN 978-7-5699-6052-5

Ⅰ . I373.45

中国国家版本馆 CIP 数据核字第 2025H7L781 号

Originally published in French under the following title:
Broderies by M.Satrapi
@L'Association-2003
Text translated into Simplified Chinese @ Beijing Time-Chinese Publishing House Co., Ltd.

北京市版权局著作权合同登记号 图字：01-2025-0194 号

CIXIU

出 版 人：陈　涛
策划编辑：范　炜
责任编辑：张雨嫣
责任校对：薛　治
封面设计：孙丽莉
内文设计：迟　稳
责任印制：刘　银

出版发行：北京时代华文书局 http://www.bjsdsj.com.cn
　　　　　北京市东城区安定门外大街 138 号皇城国际大厦 A 座 8 层
　　　　　邮编：100011　电话：010-64263661　64261528
印　　刷：北京盛通印刷股份有限公司
开　　本：787 mm×1092 mm　1/32　　　成品尺寸：140 mm×190 mm
印　　张：4.25　　　　　　　　　　　　字　　数：66 千字
版　　次：2025 年 6 月第 1 版　　　　　印　　次：2025 年 6 月第 1 次印刷
印　　数：1—6 000 册
定　　价：68.00 元

版权所有，侵权必究
本书如有印刷、装订等质量问题，本社负责调换，电话：010-64267955。

Prologue

玛赞·莎塔碧（Marjane Satrapi）

伊朗图像小说作家、插图画家。1969 年生于伊朗拉什特，在德黑兰长大。童年因经历了伊朗政局动荡和两伊战争，被送至奥地利维也纳继续学业，后回伊朗接受大学教育，现居法国，代表作有《我在伊朗长大》。

莎塔碧"人生之书"系列导读

玛赞·莎塔碧是伊朗著名艺术家。2001年,她以自传体漫画《我在伊朗长大》一鸣惊人,先后在法国安古兰国际漫画节、德国法兰克福书展斩获多个奖项。该作品改编的同名动画更是荣获奥斯卡金像奖最佳动画长片提名、戛纳电影节评审团奖等国际殊荣,使她迅速跻身全球知名创作者行列,并逐渐为中国读者和观众所熟知。

莎塔碧的祖辈曾是伊朗王室,后因伊斯兰革命下台。尽管从未亲历王室生活,但父母秉持的自由思想使她自幼便形成独立人格。成长于伊朗社会剧烈变革时期,又负笈欧洲并定居法国的独特经历,使她得以在东西方文化碰撞中淬炼出独特的世界观。这种跨文化视角赋予她敏锐捕捉事物多义性的能力,并通过极具个人风格的艺术表达呈现于画布之上。

此次出版的"人生之书"系列收录《刺绣》与《梅子鸡之味》两部图像小说,是莎塔碧仅有的三部图像小说中的两种,讲述的是她身边人的故事。相较于《我在伊朗长大》的成长叙事,本系列将视角转向社会群像,以幽默辛辣的笔触探讨婚姻本质、生命价值等深层命题。两部作品延续了莎塔碧标志性的叙事智慧:以碎片化叙事构建宏大主题,通过戏剧性转折与留白艺术,在故事表层之下暗藏多重解读空间。这些出色的表达手法能带给读者更多的阅读乐趣。

选择在此时再次出版这两部作品,一方面是经典作品常读常新,另一方面是觉得这两部作品能给我们当下社会带来一些思考与共鸣。两部作品均是成人的主题,一部关于两性与婚姻,一部关于选择与人生。书中涉及的话题与观念可以看作是她独特人生经历的提炼,有助于我们了解不同文化背景、不同视角下的别样人生。

"真是太美味了!谢谢你。"

"应该感谢的是米苏斯。一位真正的美食家。"

"莎塔碧过奖了。"

我奶奶管我爷爷叫莎塔碧,从不叫他的教名。她说女人应该尊敬自己的丈夫。

吃过午饭，男人们像往常一样去睡午觉，我们女人就开始收拾桌子。

玛姬，我的孩子，照应一下茶炊。

好的，奶奶。

茶炊由我负责。我早晨、中午、晚上都要照应它。必须说一句,早晨的茶炊所起的作用,跟中午和晚上不大一样。

> 早晨的茶炊
>
> 奶奶,你想喝杯茶吗?
>
> 闭嘴!

我奶奶有鸦片瘾。医生叫她服一些鸦片减轻疼痛(反正她是这么说的)。因此,当她醒来发现自己状态比较低迷时,脾气就经常非常非常糟糕,但持续时间总是不长。她只需把一小块烧过的鸦片*溶在茶水里,就能恢复幽默感和与生俱来的好性格。只要等一等便万事大吉。

---

* 鸦片烟抽过后残留的余渣。

奶奶喝茶前:

呸
后来另一个笨蛋……
那个混蛋……真是大傻瓜!
狗屁!
那些令人恶心
女人……
我简直受够了这种生活!
这茶的味道像垃圾!

奶奶喝茶后:

我说,我亲爱的孙女儿,你怎么样?还好吧?
比一分钟前好多了。

"鸦片有许多功能,"奶奶经常说,"不仅仅是减轻疼痛。"

看看我,我曾经像你一样总是双眼睁得大大的……

……因此,我年轻的时候,去参加派对之前总会来点儿鸦片。它让我的眼皮发沉,让我看上去懒洋洋的。

顺便说一句,你应该学会把眼睛稍稍闭上一点。

你真的认为,那样会让我显得充满活力和智慧吗?

不,但你会比较容易找到情人。

拜她那双半睁半闭的眼睛所赐，奶奶一辈子结了三次婚。我爷爷是她最后一任丈夫。

> ### 中午和晚上的茶炊

这两个时间段准备的茶炊，性质完全不同。
每个人都聚拢过来喝茶，全身心地投入她们最喜欢的活动：讨论。
这种讨论有着独特的作用：

> 在背后议论别人，可以给心脏通通风。

用茶炊沏茶,需要大约四十五分钟味道才能渗透出来(实际上是煮茶,不是泡茶)。

当我终于端着托盘走进客厅时,其他人正好刚吃完饭。

啊,终于来了!

太好了,玛姬!

上帝保佑你!

多么准时!

真棒,我的孙女儿!

真棒!

好开心! 哦! 啊!

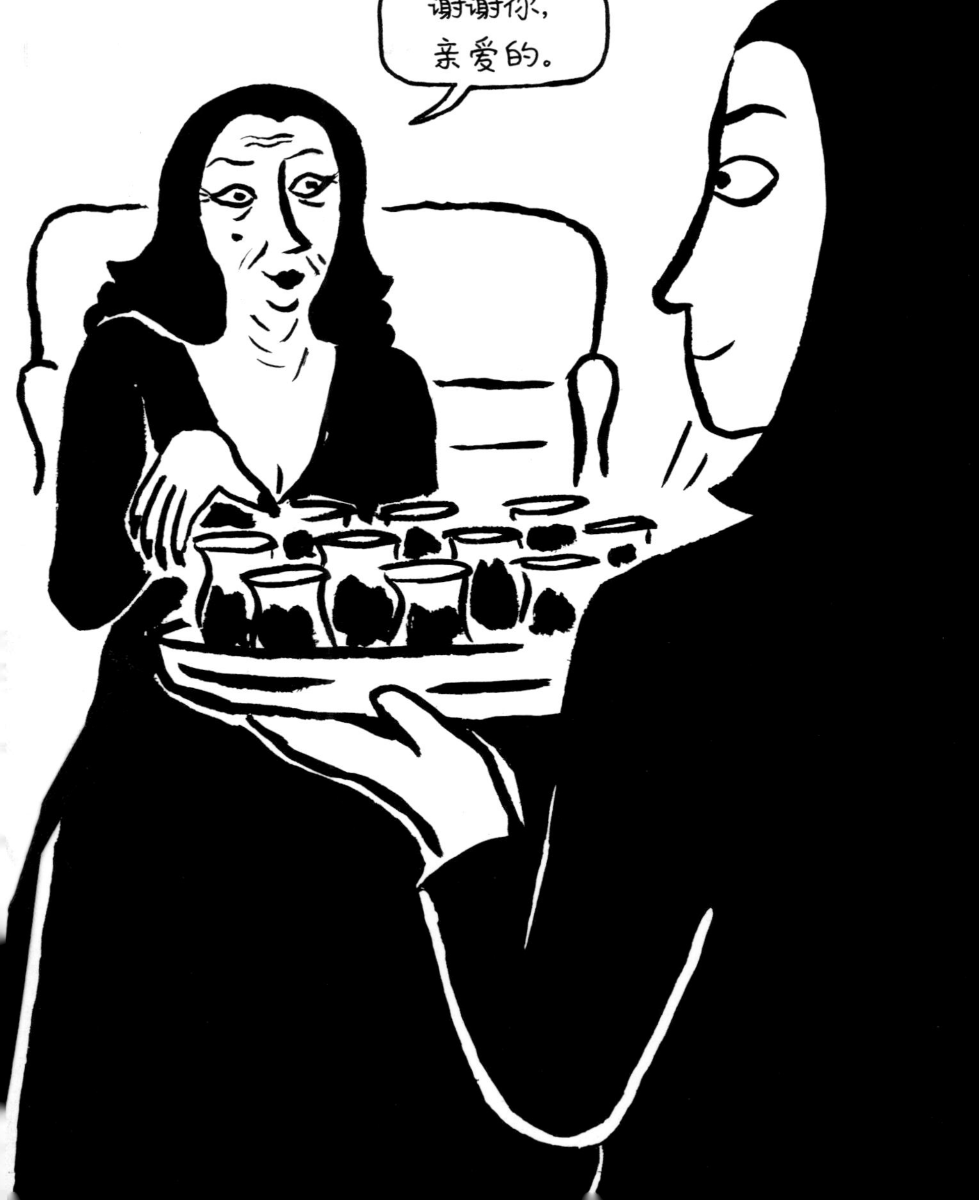
谢谢你，亲爱的。

就这样，我们开始了长时间的给心脏通风……

Broderies

刺绣

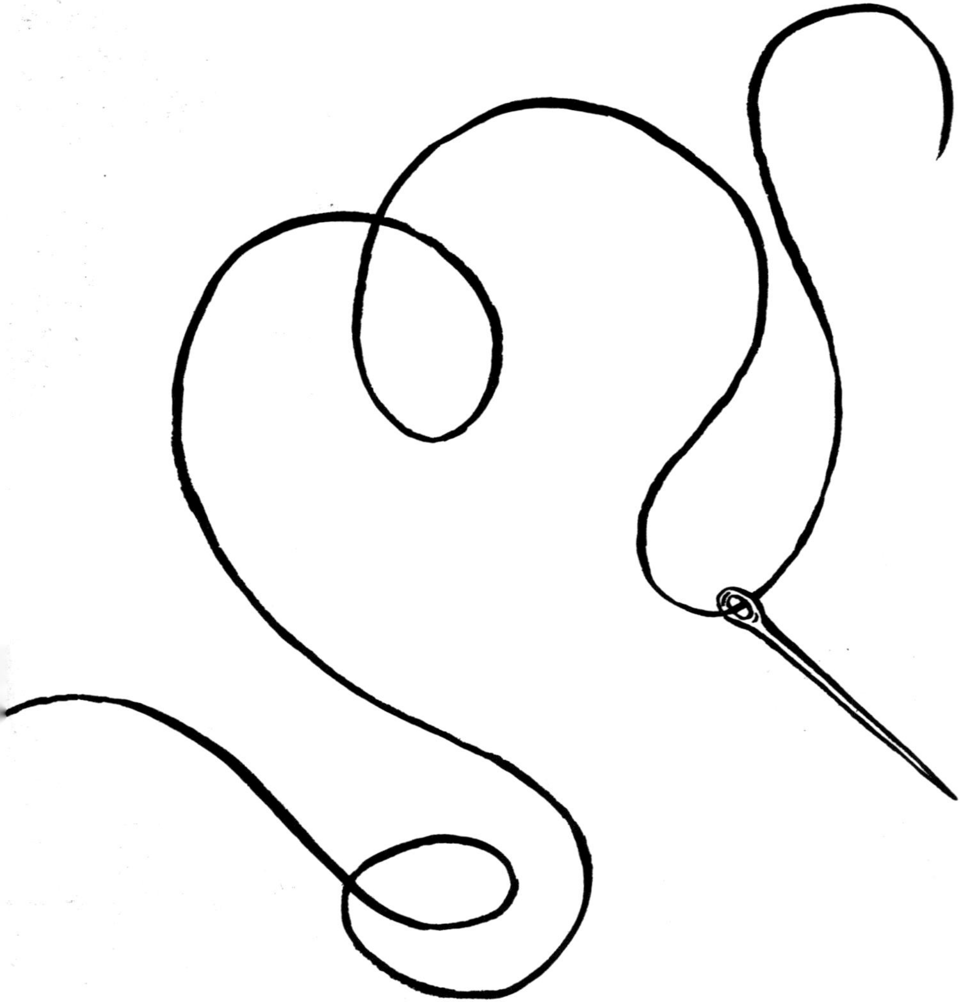

你们还记得纳希德吗?

哪个?你小时候的朋友?

是啊……可怜的人儿。在尿失禁那么那么多年之后,她终于死了。不过说实在的,我们不应该说死人的坏话。死人已经与世无争了!

哦，这个不幸的女人！如果你们知道她的生活有多么痛苦……

哦，真的吗？可是看上去她丈夫好像让她感到非常满足！

是啊，是啊，那倒不假。可是如果你们知道她的生活有多么痛苦……

快跟我们说说吧，妈妈！别这样拐弯抹角的！

好吧，既然你们坚持要听……当年，我和她还很年轻，肯定还不满十八岁，她父母给她挑选了一个丈夫。显然，那个时候大家都是那样成婚的。问题是她当时爱着另外一个人，那人的名字我不知道……

……她婚礼前三个星期,我出门去买东西,突然碰到了她。

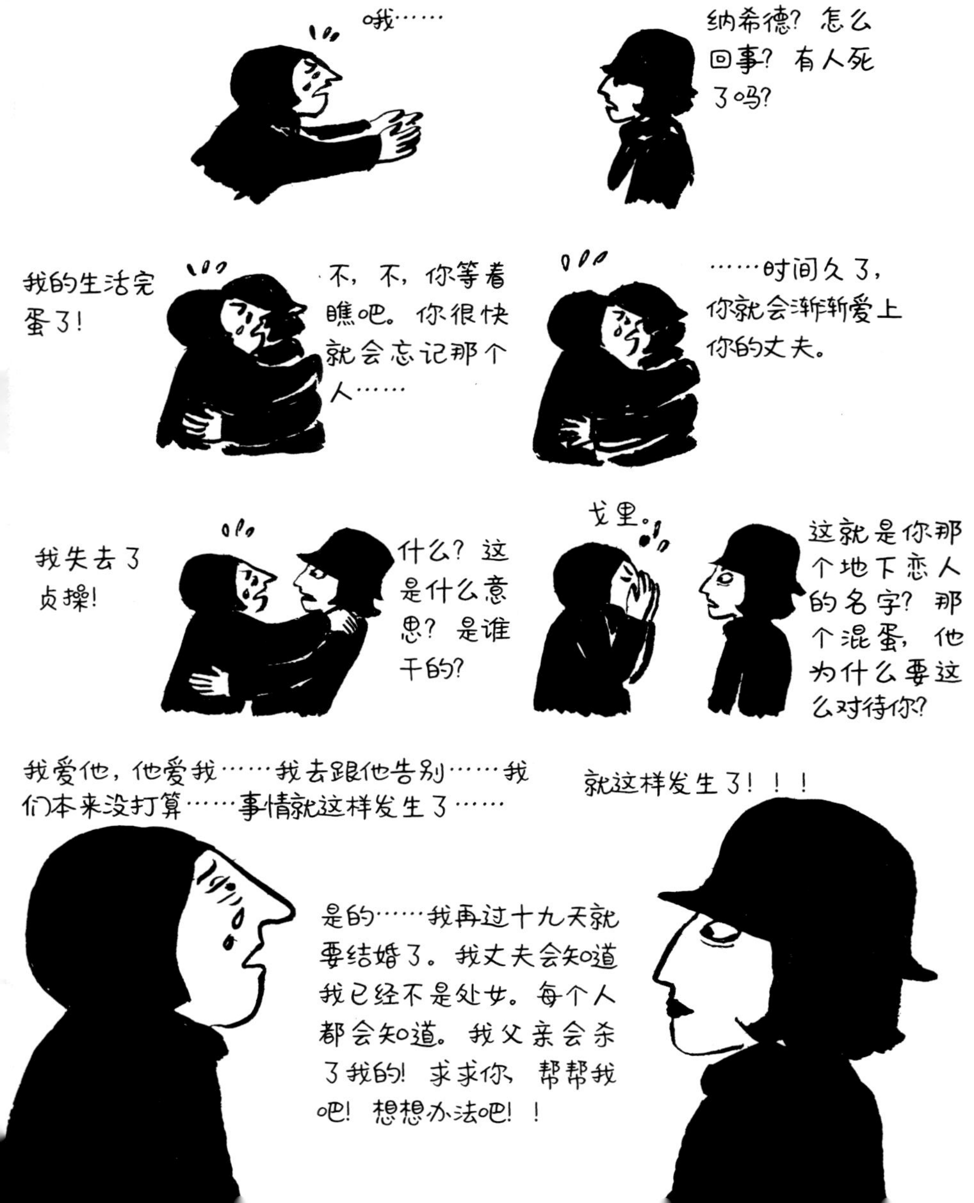

哦……

纳希德?怎么回事?有人死了吗?

我的生活完蛋了!

不,不,你等着瞧吧。你很快就会忘记那个人……

……时间久了,你就会渐渐爱上你的丈夫。

我失去了贞操!

什么?这是什么意思?是谁干的?

戈里。

这就是你那个地下恋人的名字?那个混蛋,他为什么要这么对待你?

我爱他,他爱我……我去跟他告别……我们本来没打算……事情就这样发生了……

就这样发生了!!!

是的……我再过十九天就要结婚了。我丈夫会知道我已经不是处女。每个人都会知道。我父亲会杀了我的!求求你,帮帮我吧!想想办法吧!!

"那时,我虽然年纪很轻,但已经跟我的第一任丈夫离婚了。我是个过来人。我告诉纳希德,我需要一点时间考虑对策。我叫她第二天来找我。"

"我想了整整一夜……"

……第二天凌晨,我有了答案。

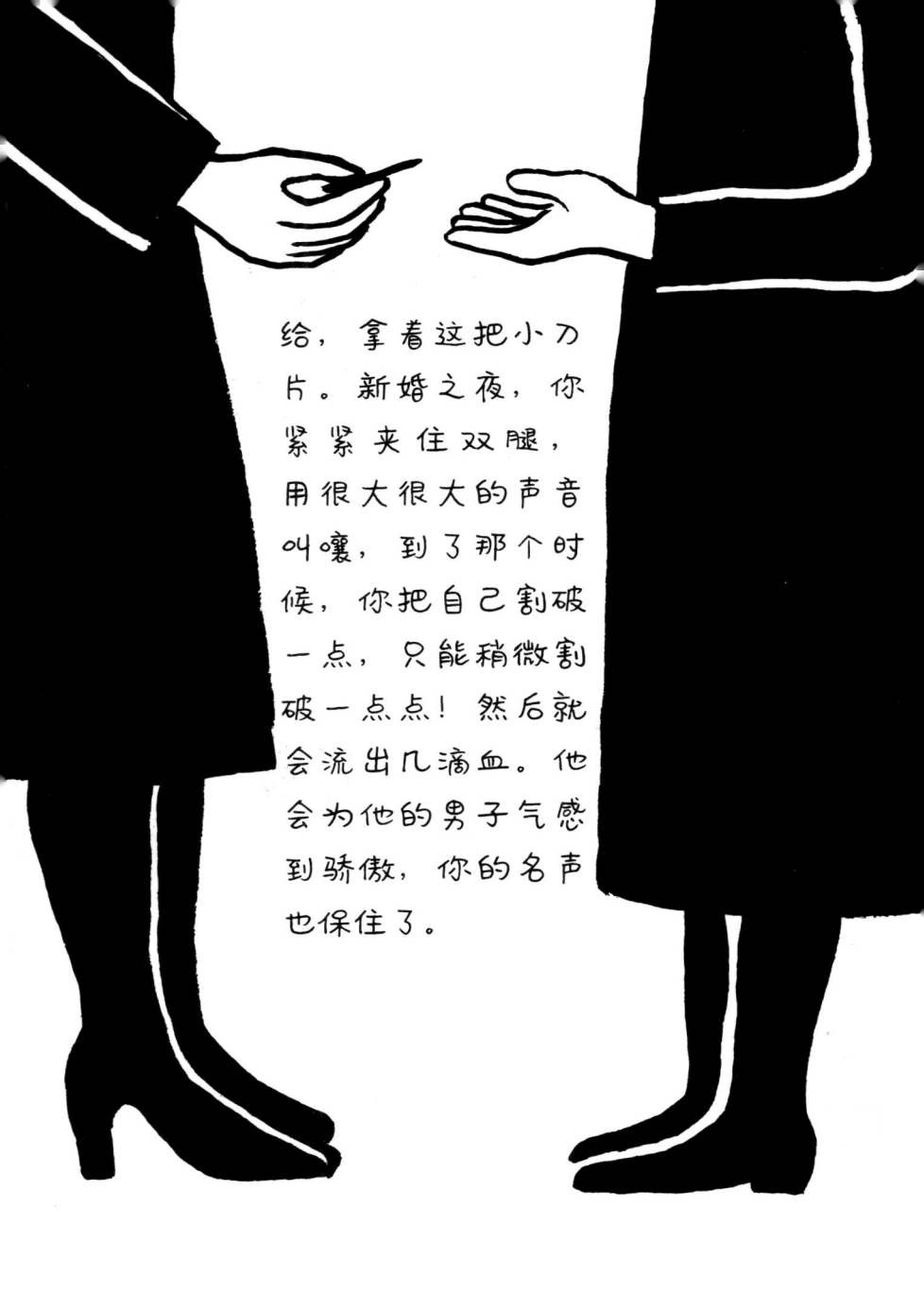

给，拿着这把小刀片。新婚之夜，你紧紧夹住双腿，用很大很大的声音叫嚷，到了那个时候，你把自己割破一点，只能稍微割破一点点！然后就会流出几滴血。他会为他的男子气感到骄傲，你的名声也保住了。

那难忘的一天到来了。在婚房里，她终于发现自己单独面对丈夫，就是你们都知道的那个人……

她把双腿夹得紧紧的……

……那位先生还没有脱完衣服，她就开始尖叫……

……等丈夫到了床上，

她没有割破自己，嘿，而是给他割了一刀！

哈哈！哈哈！

哈哈！哈哈！哈哈！

哈哈！哈哈！

你们完全能想象得出！那可怜的家伙！他不仅做了笔赔本买卖，还发现自己的蛋蛋被割破了！

哈哈！哈哈！

呵呵！

哦，可怜的人！

他活该！

嘿嘿！嘿嘿！嘿嘿！嘿嘿！

—但他们还是在一起过了一辈子！

—当然啦，你知道，我的孩子，男人的自尊是在他们的卵蛋里。当发现自己的蛋蛋血迹斑斑时，最好的处理办法是守口如瓶。

—总之，她不管有没有贞操，都已经不在这个世界上了。我们必须尊重死者。

不过，她碰过睾丸了。我还什么都没看过、什么都没碰过呢。

哦，别用这种眼光看着我！

你能解释一下你的孩子是怎么来的吗？

肯定是圣灵的产物！

你说得对。我确实有四个孩子。四个！！但我仍然从没见过那东西。他走进卧室，关掉电灯……

……然后，

啪！

啪！

啪！

然后，我就怀孕了！而且，我得到的是四个女儿。所以从来没有见过那话儿！

说句心里话,其实你并没有错过什么。

你是饱汉不知饿汉饥。我不妨提醒你一句,你可是结过三次婚的!

我始终不能理解怎么可能结三次婚。结一次婚就足以让我明白,跟一个男人一起生活是多么难熬了!

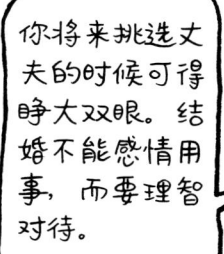

你将来挑选丈夫的时候可得睁大双眼。结婚不能感情用事,而要理智对待。

别听她的!你必须跟你所爱的人结婚。我有过一次权宜婚姻。结果怎么样呢?我从来不知道爱情是什么,因为爱情跟理智是对立的。

婚姻,就像轮盘赌:有时候赢,有时候输。即使你爱得很深,也可能没有好结果。

是啊,但是在等待它变质的过程中,还是能体会到幸福的。

结婚根本没有意义!

"听我说吧，我唯一一次结婚，是在十三岁那年！"

"十三岁？"

是啊，十三岁！我出生于一个上层的贵族家庭，不消说，我肯定是要嫁给部长或政府官员的。所以，我被许配给了一个比我年长五十六岁的将军。

咳！咳！
56岁？
是啊，亲爱的……他是个六十九岁的老头子！
哦，我不知道你……
嗯，你现在知道了。
可是他那么老了，还能……
实话告诉你吧，我也不知道！
这是什么意思？
你能不能让我把故事讲完，而不是每两分钟就打断我一下？

就这样,他来向我妈妈提亲,我妈妈立刻就答应了。
我记得很清楚,就像昨天发生的事情一样。我穿着一条带小红花的绿裙子,正在荡秋千。突然,我看见妈妈站在窗口……

帕维妮!快进来!我需要跟你谈谈!

马卡克罗默鲁克将军过来向你提亲了。婚礼将在一个月后举行。
不！我不愿意！
我不是在征求你的意见。你必须结婚！！！就这么定了，没什么可商量的！！

当时，我眉毛浓密，中间连在一起。就像这样！

把眉毛一根根拔掉真是太痛苦了。他们给我剪了头发，我妈妈做了条裙子，上面缝缀了一千二百颗珍珠。然后，他们把我打扮起来，喷上香水……凡此种种，就为了讨那个老头子的欢心！

……最后，我看上去就像个小娼妓……

……我按计划出嫁了。几个小时后，我发现自己跟那个老家伙一起关在那座房子里……

……我看了一眼他皱巴巴的后背，意识到这根本不可能。于是我做了一个决定。

请原谅，我想小便。

快回来！

当时，厕所在房子外面。我一来到花园，就摸着黑翻墙逃跑了。我知道我的姨妈就住在不远的地方……
姨妈！我可以跟你一起生活吗？我再也不想回到我丈夫家里去了。
当然可以，当然……

……我的姨妈比我的父母开明多了。她是个寡妇，所以能够独立思考，我行我素。就这样她收留了我。

我的父亲、母亲和哥哥们想尽各种办法，让我回到我那亲爱的、温柔的丈夫身边。我说："不！"

然而更糟糕的还在后头。那个老家伙不肯离婚！我想出了一千种祷告词，咒他去死。

神啊，让他一命呜呼吧。

神啊，让他得癌症吧。

神啊，让他被车撞死吧。

神啊，让他犯心脏病吧。

神啊，让他被强盗杀死吧。

神啊，……割断他的血管吧！

四年后，他终于在七十三岁高龄时交出了他的灵魂，我因此成为了他的未亡人。我继承了他的一小份遗产，因为他的家人认为应该如此。后来我就去了欧洲，实现我成为一名画家的梦想。我在那儿才知道了什么是爱。
那么，欧洲男人怎么样呢？
很好，可以说非常好。你们知道外面有许多谣传，说欧洲男人不能让他们的女人感到满足……但是我凭经验知道，那些都不是实情！！

挂下来的那一小块皮，不是很恶心吗？

包皮？不，其实还好。我认为，一般来说，那话儿都不怎么上相。

我完全赞同。

> 你赞同什么?那东西很丑,还是欧洲男人知道怎么满足女人?

> 兼而有之。

> 我的第一段婚姻是为爱结合的。我嫁给了我在世界上最爱的那个人。他名叫霍尚。他是一名共产主义者。一九五三年伊朗国王重新上台后,他们逮捕了一大批人。霍尚也在名单上。他不得不离开这个国家……

> 阿米耐尔,我亲爱的,我必须去德国了……我在这里生活太危险了。

> 那我们怎么办呢?

我们？嗯，如果你愿意，我们可以结婚。然后，再也没有什么能把我们分开了。我先走一步，过几个月之后，你可以到柏林去找我。你愿意吗？你愿意成为我的妻子吗？

傻瓜！明知故问。这是我最大的梦想啊！！！

我父亲立刻就接受了他的请求，因为全城的人都知道霍尚和我的关系。我早一天结婚，我家里就能早一天把丢失的脸面找回来……最后……一九五三年十二月十九日，是我一生中最美丽的日子。我们举办了一个小型派对……邀请了家人和一些亲密朋友，一共六七十个人吧。*

看！我这儿还有那天的一张照片呢。三十八年了，一直随身带着……

---

* 在伊朗，如果有办法，婚礼必须邀请至少三百个人。

……看见了吗,我父母多么高兴啊!

我们只来得及圆了房。第二天他就离开伊朗去了德国。我哭了整整一年。每天都给他写信。他从不回信,但每个星期三会给我打电话。

"我很快就有工作了。我不想让你挨穷受苦。"

"哦,我的爱,你太体贴了!"

"我很快就会找一套漂亮的公寓。我不想让你生活得不舒服。"

"哦,我亲爱的,你真可爱!"

"我很快就把公寓装修一下,我不想……"

"那么说干就干!!!"

"……很快就,我……"

"很好!我受够了这一套!我要过来!"

> 你仍然爱他吗？

> 当然不！

> 那你干吗还收藏着他的照片？

> 我收藏的不是他的照片！是我的婚礼照片……

> ……你怎么能指望我仍然爱他呢？？在他对我做了那些事情之后？我到达柏林时，他甚至没有到机场来接我……

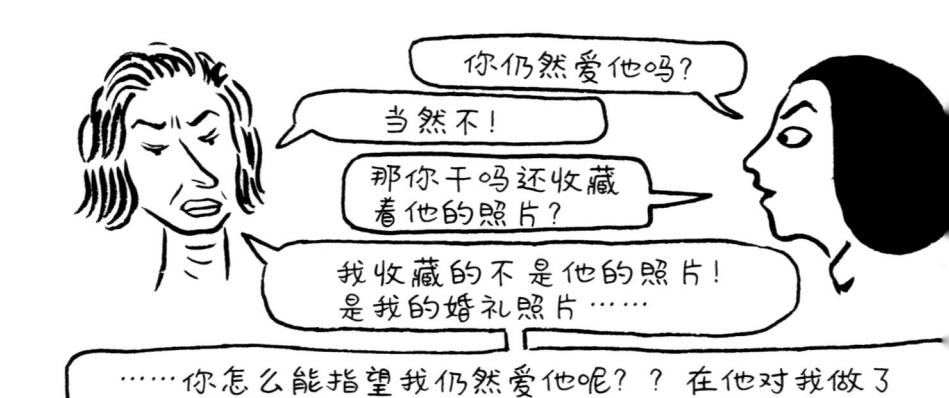

……我等了整整三个小时……

……然后我终于决定叫一辆出租车……

阿米耐尔·阿沙蒂安?

是的,是我。

我是你丈夫的朋友。他工作脱不开身,不能来接你。他叫我把你送回家。

……我注意到这家伙的神情有点异样……

你认识霍尚很长时间了吗?

是啊,认识七年了。我十六岁就认识他了。

他没有获得我的信任。反正,我后来再也没见过他。他让我感到害怕。后来我们终于到了……

就是这儿!

我需要单独待着……

随你的便……

告辞了。再见。

?

> 我有生以来从没见过那么破败的地方！我不得不又等了五个小时，我那所谓的丈夫才回到家里……

> 哦，我亲爱的，我的美人儿，我的甜心，哦，我太想你了！哦，哦！

……他身上有一股女人味儿。他解释说，他还没来得及装修我们"爱巢"。我问他的工作是什么。他回答说他把所有的时间都用在了政治活动上……他无疑是在为了他的蛋蛋和女人乳房之间的外交关系而奔忙呢！

他所学到的西方文化，就是把头发往后梳得油光水滑，还有亲亲右脸再亲亲左脸……

过了第二个星期,他开始回来得越来越晚。每天夜里,我都在窗口等他,每天夜里,我都看见他和不同的女人从出租车里出来……他从来没有用亲吻她们的那种方式亲吻过我!我问他那些女人是谁,他对我说她们都是战友,那些都是跟政治有关的事,我最好不要过问!我太想相信他了,就由着自己被当成一个傻瓜!

整整一年，都是这种情况，但是再也不能继续下去了。我已经到了崩溃的边缘。于是我决定让自己的日子变得充实。我上午在歌德学院学习德语，晚上去舞蹈班学跳舞。在舞蹈班我结识了赫伯特。他是我的华尔兹舞伴。我感觉到他想勾引我，但我是个已婚的女人，不能跟他乱来。每次看见赫伯特，都使我无法忍受跟霍尚一起生活！最后，我终于按捺不住了。赫伯特太有魅力了。没有人像他那样令我感到满足。只要轻轻一个吻，我就已经飘飘欲仙……

多亏了他,我才有勇气离开我的丈夫。

我要离开这儿!

你不能走!

哦,是吗?

你不能离开。你是我的!!没有了你,我会死的。

那就去死吧!!

砰!

"我和赫伯特一起生活了六个月,然后回到了伊朗。"

"为什么?" "什么?"

"啊!!!真是笑死我了!"

"赫伯特是已婚的。他不管怎么样都不愿意离开他的妻子。他千方百计地说服我留在柏林,正式做他的情妇。但那种角色不适合我。如果他真的爱我,就会跟我结婚! 所以你们理解我为什么要离开吧?"

哦，天哪，天哪！多么愚蠢，真的，多么愚蠢……

……做一个已婚男人的情妇，那才是更好的角色……

……我去欧洲之后，成了一名部长的情妇……

……简直是完美……

……你们意识到了吗?

他肮脏的衬衫，

他令人恶心的内裤，

他每天要熨的衣服，

他臭烘烘的口气，

他犯的痔疮，

哎呀

他的感冒，

帮帮我吧……

更别提他的坏脾气……

……以及他的发怒……

我不喜欢吃茄子!

……嘿，这些统统归他的老婆。

当一个已婚男人来到他的情妇面前……

总是衣服熨洗得干净挺括，

牙齿闪闪发亮，

口气芬芳扑鼻……

……他脾气很好，

非常健谈，

他告诉你：

你漂亮又聪慧……

跟你在一起，我永远不感到厌倦……

你不同寻常，是一颗罕见的珍珠……

……他是专门来跟你欢度时光的。

帕维妮说得对！我们这些贤妻良母，为自己的愚蠢付出了代价。我们一切都以丈夫为中心。男人意识到了这点，就充分利用。

那么，你们听说过希黛的故事吗？

奶奶！！！我告诉你要保密的！

讲吧，讲吧！	别摆架子啦，我的孩子！	快讲吧！我们都听着呢！！
快讲，快讲！！	我最喜欢听故事！	瞧，我也讲了我的故事呢！
求求你了，快讲吧！！	拜托……	**不行！**

我明白,诚信第一……	听我的。我是你妈妈。快讲吧!	我们不会告诉任何人的……
为了你奶奶,讲吧!	别有压力!	故事是好东西!
是啊……	拜托,拜托!	噗……

……好吧!我给你们讲讲这个故事。可是你们必须答应,永远不把它告诉任何人!!

不会,真的不会!你什么时候听说我们泄漏过别人的秘密?

就好像你不了解我们似的!

我们当然不会告诉别人。对不对?

那还用说!我们会告诉谁呢?

我用我四个女儿的脑袋发誓!

我用我母亲的脑袋发誓!

如果你得知除了我们在座的九个人之外,还有别人知道了这件事,放心,我绝对不是那个泄漏秘密的人!

别人我不敢说,但你可以绝对信任我。在我家里,我是被称作"闷葫芦"的!

我也是!!!

—你们都认识希黛吗?

—那个长着一张马脸的擀面板?

—就是她!事情是这样的,她十七岁那年嫁给了第一个来向她父母提亲的男人,那男人对她十分霸道。两年后,她的肉体需求得到满足之后,她意识到她跟这个男人没有任何共同语言。她顺利地离了婚。那段日子我不再见她,因为我很讨厌她的丈夫。我认为那家伙是个绝对的废物。去年在一个派对上,我碰巧遇到了希黛。她真是大变样了……

—是你,希黛!我都没有认出你来。上次我看见你的时候,你还是个黑美人!

—是啊,我已经决定自己掌握自己的生活了。我想找一个理解我、尊重我的男人。你的祈祷最管用了,帮我祈祷一个吧。

好吧！我也不知道跟我的祈祷有没有关系。几个月前，她认识了一个男人，好像是叫库洛什，她把他形容得特——别——可——爱！

他是谁？

他帅吗？

他床上功夫好吗？

我只看过他的照片。有点儿丑，但希黛的前任像一根老香肠，跟他相比，这位倒是一个美味的肉卷儿。

我很失望。这就是你那个令人难以置信的、要保密的故事？

等着呀！这才是前奏，好戏还在后头呢。

"就算这位库洛什是个可爱的、了不起的家伙,仍然有个巨大的问题。"

"什么样的问题?"

"他母亲不希望他跟希黛结婚!"

"为什么???希黛是个很好的女孩子。"

我认为这事儿跟希黛没有任何关系。那女人有两个儿子。大儿子娶了一个离婚的女人,把他几乎榨干了。

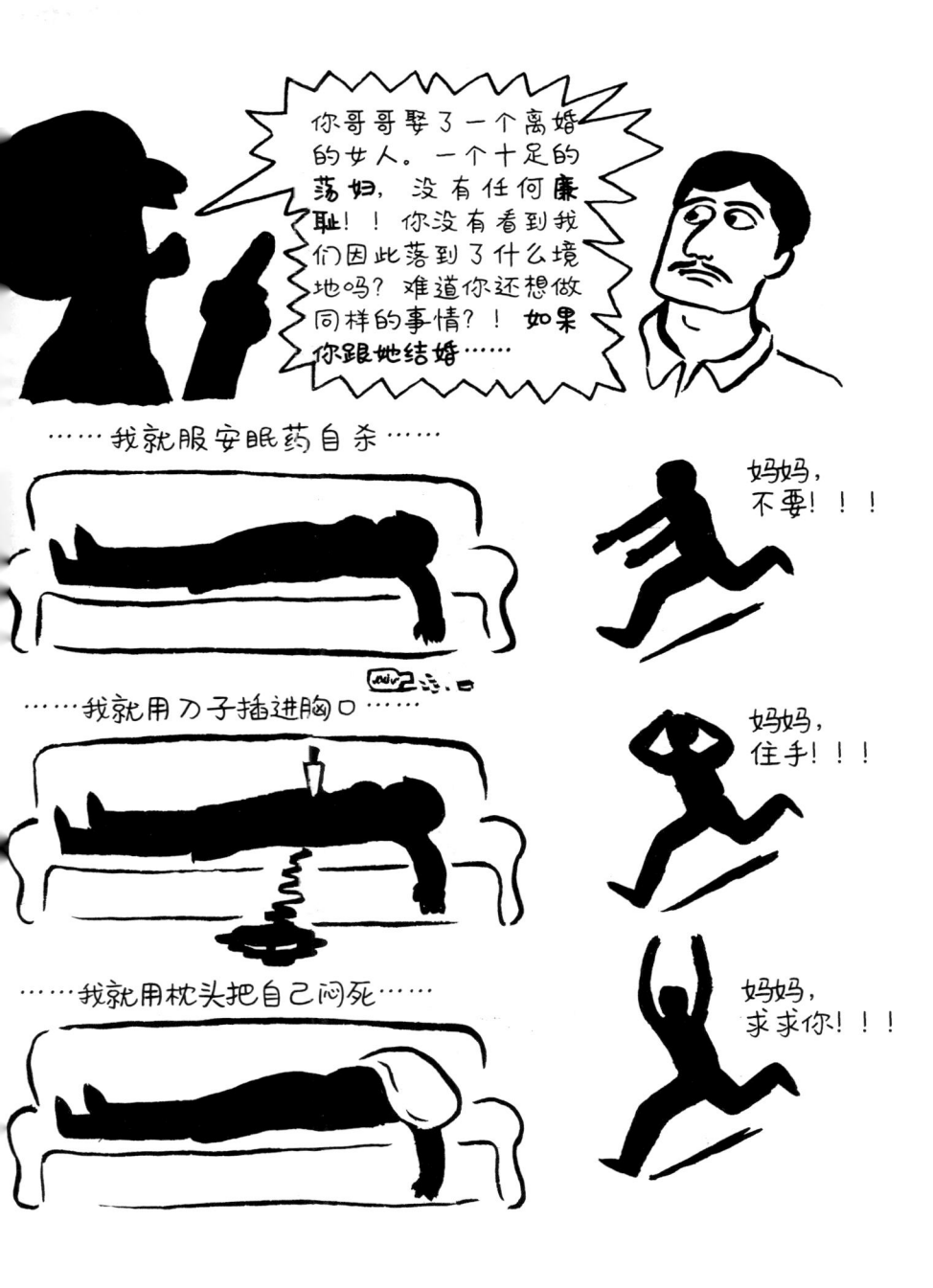

你哥哥娶了一个离婚的女人。一个十足的**荡妇**，没有任何**廉耻**！！你没有看到我们因此落到了什么境地吗？难道你还想做同样的事情？！**如果你跟她结婚……**

……我就服安眠药自杀……

妈妈，不要！！！

……我就用刀子插进胸口……

妈妈，住手！！！

……我就用枕头把自己闷死……

妈妈，求求你！！！

总之一句话,她每天都想出一种自杀的新方法……希黛的男朋友被撕裂成了两半。他一方面不想失去希黛,另一方面又不想给他母亲带来痛苦。

于是他向希黛提出,两人还像现在这样保持关系,但是不结婚。

当然!免费的当然更好!

可是这个希黛犯了什么错?她那么优秀!!

你知道男人是什么德行!!一旦你自己交给了他们,他们就不重视你了。

那天，她打电话问我想不想陪她去见一个精通白巫术的女人。

白巫术？哈，哈哈哈……
……哦，是吗？你是当真的？
好吧。我们五点钟在你家碰头。我来接你。

到了，往右拐！

我们来到一条破烂的小巷。我甚至不知道德黑兰还有这样的街道存在。

我认为就是那儿！

咚！
咚！
咚！

我猜，你是希黛！

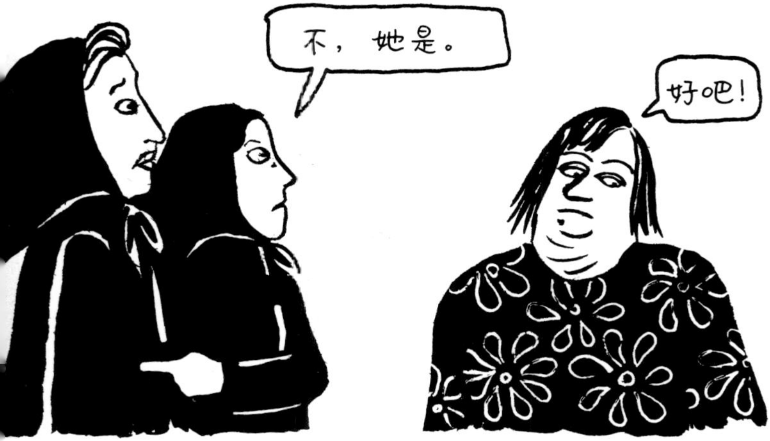
不，她是。
好吧！

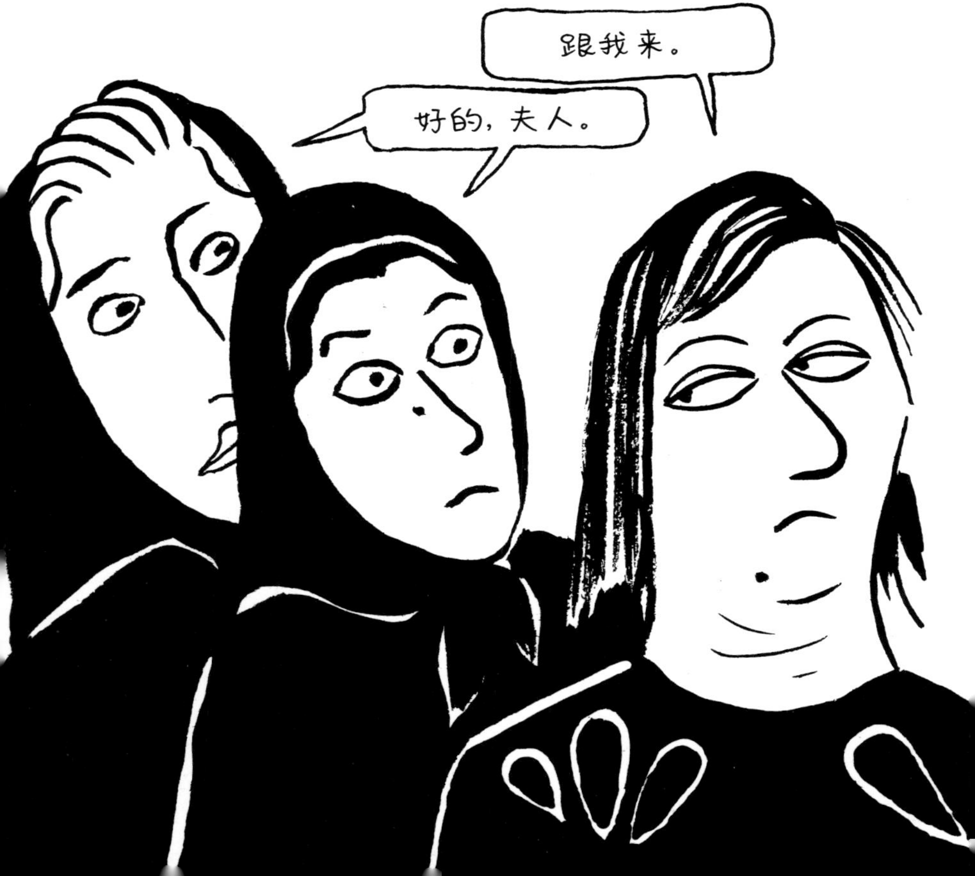
跟我来。
好的，夫人。

我看到了……看到了……你爱着一个人……他的名字里有字母O和字母S。他长得很帅，脾气温和。他非常爱你……但是他母亲，哦，天哪！他的母亲是个歹毒的人。非常阴险。她不想让儿子跟你结婚。正在千方百计地阻挠这件事！！哦，那个坏女人！哦，邪恶的女人！哦，卑鄙的女人！！！
是的，我知道。我该怎么办呢？

等等！我有办法。

给！拿着这把钥匙。你沏一些茶。跟他睡觉。一旦他射精——注意：必须射在你身体里——你就把钥匙放进你的下面。你数到七，然后把钥匙拿出来，放进一个茶杯。你把茶倒在钥匙上面，再数到七。最后一步是把钥匙拿出来。
这样准备好的茶，要让你的心上人在他射精后的七十七秒内喝掉。
给，价钱是三千个图曼*。

* 在1991年相当于40美元（由于通货膨胀）。

据说，她严格按照那个巫师的建议执行了……
她沏了茶，
做了爱，
?
跑进厨房，
把钥匙塞进体内，
1、2、3、4、5、6、7
倒入茶水
1、2、3、4、5、6、7。

然后跑回卧室,一进去就说:

"给,亲爱的,我给你沏了茶。"

"我不想喝茶,只想要你……"

第一次尝试失败了,因为七十七秒一眨眼就过去了,她只有几秒钟时间劝说男朋友喝茶。显然,她没有办到。

第二次尝试也以失败告终……

1、2、3、4、5、6、7……

……59、60、61、62……

亲爱的！我给你沏了一杯上好的茶！

我更想来一杯冰可乐。

······第三次尝试······

哈哈！哈哈！哈哈！
白花花的玩意儿！

白花花的玩意儿！
哈哈！哈哈！
多么粗俗！！
哈哈！哈哈！哈哈！哈
白花花！
哈哈！哈哈！哈哈！
白花花的玩意儿！
哈哈！
哈哈！
哈哈！

你们为什么笑成这样？那“白花花的玩意儿”是什么？
原谅她吧。她从来没见过那话儿！
我不明白这有什么联系！
喂，玛姬，如果这办法对希黛管用，你能带我去见见那个巫婆吗？
只要你愿意。
怎么？你也想再婚吗？

> 不！我只是感觉我的老公在出轨。我想让他回到我身边。

> 我真的太倒霉了。我的第一任老公背着我搞了几十个女人。我的情人背着自己的老婆跟我好，但是没有娶我，现在轮到侯赛因了。我们在一起三十年，经历了各种风风雨雨，共同生儿育女……真是太悲惨了，真是……

> 不，不！听我说，我的丈夫也有同样的问题。

> 什么？他也在欺骗你吗？

> 差不多吧。

> 差不多是什么意思？

> 就是他总盯着别的女人看，简直到了一种危险的程度。特别是在车里！他脑袋老是左右乱转，很多次我们都险些发生车祸！

> 你怎么做的呢？

> 你知道，男人跟女人一样，也有他们的更年期。不过他们的更年期是隐性的。正因为这样，他们才想跟年轻女人交往，这样让他们感觉自己也年轻了。他们要向自己和全世界证明他们的能力！如果他们跟一个老太婆厮守，肯定就意味着他们也同样老迈了。所以，为了不让一个狐狸精收获我在这片土地上苦苦耕种二十五年的成果，我决定奋起反击。

好好看看吧！注意到有什么不同吗？

你屁股变紧了！

但是白花花的玩意儿是什么？

没什么，没什么……

我知道！你瘦了！

你的胸好像变大了。

你们说得对！我以前是平胸、大屁股……

……现在我是大胸、小屁股！

没错,女士们!我移除了这里的脂肪。

……把它注入到了这里。

如今,我的乳房是我老公唯一关注的对象。他不住地告诉我,我多么美丽、性感,看上去就像碧姬·芭铎,我是他一生中最美妙的奇遇,等等。

当然，这个白痴不知道，每次他亲吻我的乳房时，实际上是在亲吻我的屁股……

> 好吃，好吃！

「精彩!」

「说得好!」

「我仍然对你手术的效果感到惊讶。早知道如此，我就不会这样苦着自己了。我是说，在我们那个年代，人们只整鼻子。」

「什么？你的鼻子是整过的？我一直以为……」

你一直以为……什么？以为这个小尖鼻子是我天生的？坦白地说，你知道家族里哪一个人有这样的鼻子吗？

……不，我亲爱的！我继承了我先父的大鼻子。我的鼻子跟他几乎一模一样。认识他的人一眼就能认出我，反过来也一样。

我的鼻子太大了，如果有人坐在我右边，他便不可能看见我左边发生的事情。

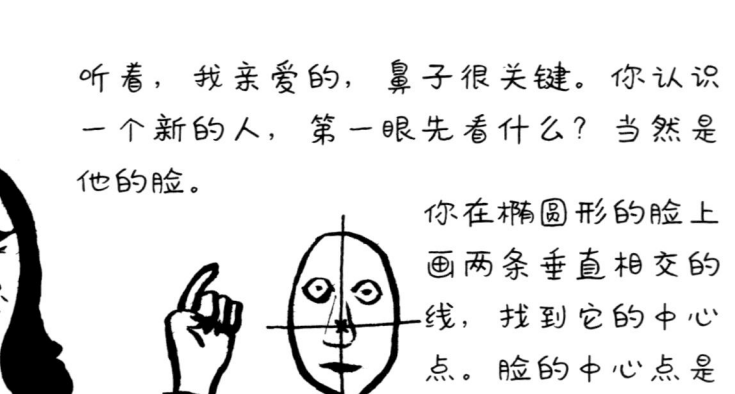

听着,我亲爱的,鼻子很关键。你认识一个新的人,第一眼先看什么?当然是他的脸。

你在椭圆形的脸上画两条垂直相交的线,找到它的中心点。脸的中心点是什么?鼻子!!

我得出结论,既然鼻子是脸上最核心的部件,从逻辑上来说便是最关键的部件。拥有一个美丽的鼻子也就至关重要了。

"你是在给皈依者布道啊！你不知道，她和她表妹佩曼曾经为了鼻子的问题，没完没了地纠缠过我！"

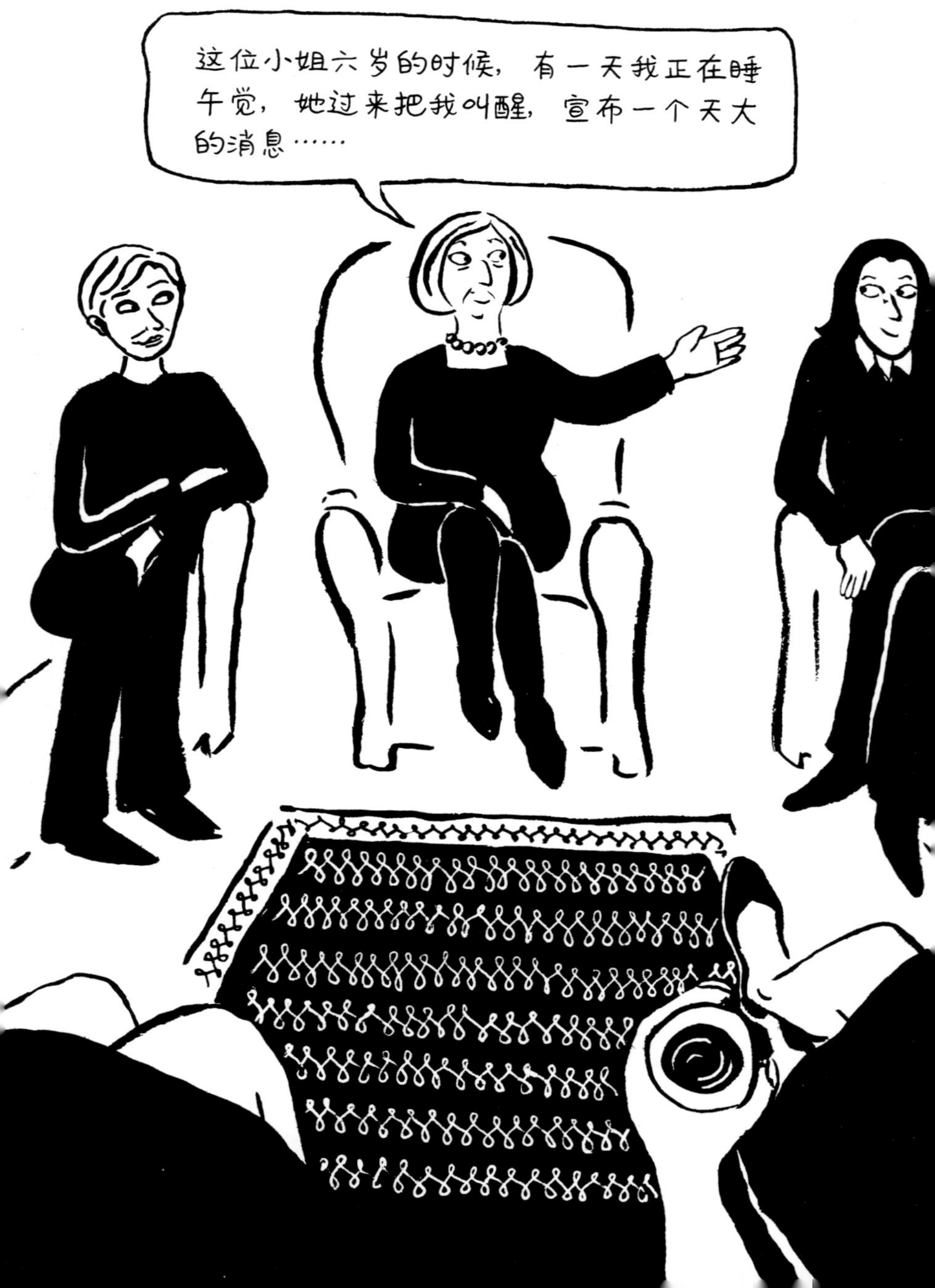
这位小姐六岁的时候，有一天我正在睡午觉，她过来把我叫醒，宣布一个天大的消息……

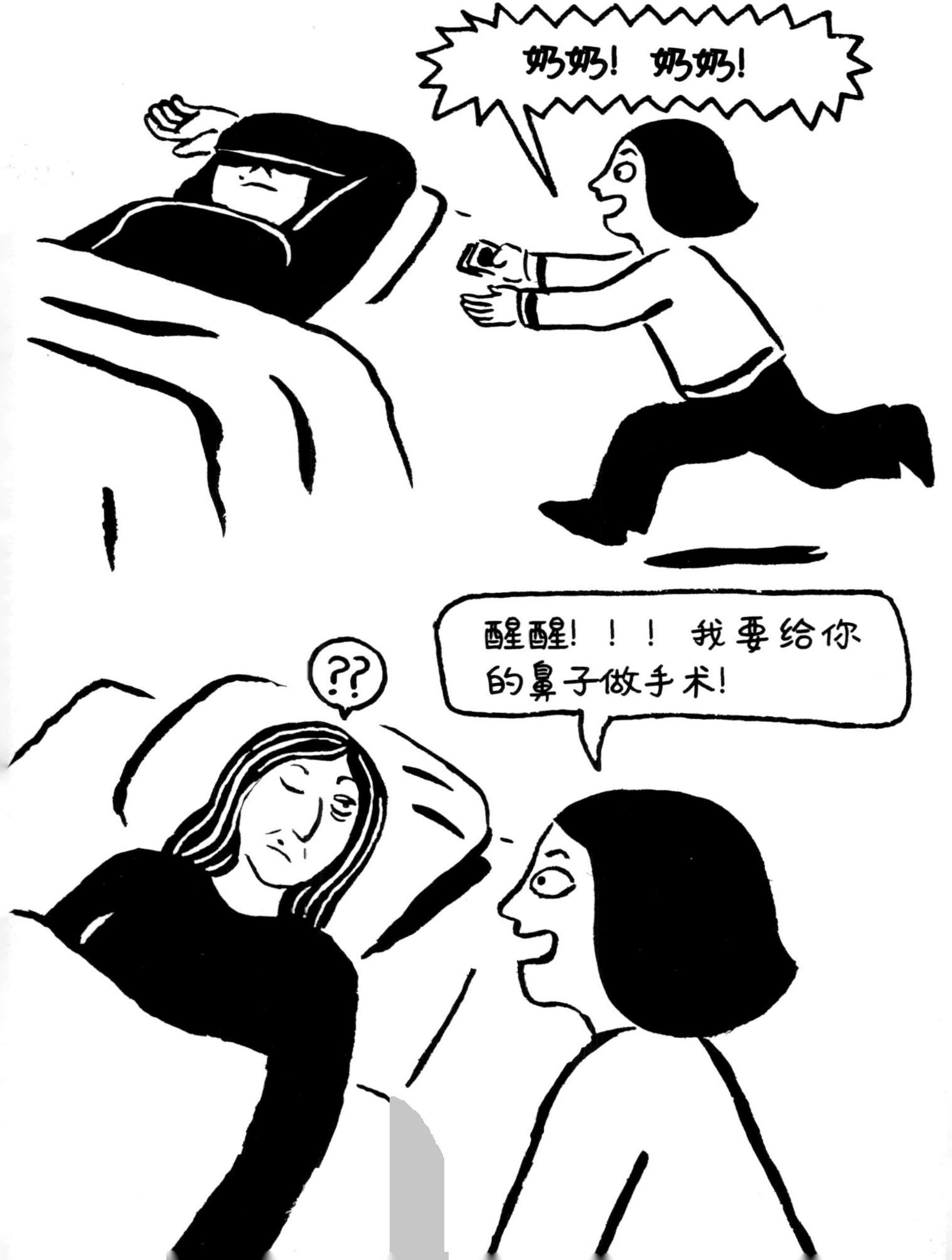
奶奶！奶奶！
??
醒醒！！！！我要给你的鼻子做手术！

"所以，你是说想给我的鼻子做手术？"

"是的！"

"你能给我解释解释，你是怎么产生这个念头的吗？"

"当然可以！我在爷爷的办公室里发现了这些照片！"

"瞧！看见了吗？"

你看这儿！这是艾丽手术前，←

这是艾丽手术后。→

法瑞芭手术前，←

法瑞芭手术后。→

努西娜手术前，←

努西娜手术后。→

所以我就对自己说，你的鼻子丑得要命，我可以给你整整形。

是由你来给我动刀子吗？

哦，不！要做一个整形手术……

……

……别为钱的事发愁。我已经跟佩曼说过这事了。我们会找到办法的。

啊！因为佩曼也认为我的鼻子"丑得要命"？

当然啊！每个人都这样想。

她们的办法就是从超市里买一些饼干和香烟,再以稍微贵一些的价钱在街上卖出去。塔基扮演供货商的角色。

我没有选择,妈妈!你跟我一样清楚,她们当时那么积极,我不可能不配合。整个夏天,她们都把一个硬纸箱当柜台,坐在后面挣一些零用钱。

我妈妈说得对。我们当时干得可卖力了,因为我们太爱奶奶了。只要她最终能拥有一个漂亮的鼻子,我们可以做出任何牺牲。

多少钱?

六个图曼。

可是隔壁只卖四个图曼。

是啊,我们知道,但我们需要钱。

为什么?

这是个秘密。

那样的话,再给我拿两包吧!

因为我们年纪小，很容易赢得邻居对我们的喜爱，他们从我们手里买了许多香烟和饼干。我们把挣来的钱都存在一个扑满里。夏天快结束时，我们筹到了七百五十个图曼，但我们需要的是七千五百个图曼。

那你们怎么做的呢？

为了让她们忘记没有足够的钱给奶奶做手术的失望，我把她们带到一家玩具店，不到五秒钟，她们就把钱花了个精光。

所以，我的孩子，既然你喜欢玩具超过喜欢我的鼻子，我现在给你一个将功补过的机会。送我一个整体刺绣吧。

哈哈！哈哈！
哈哈！哈哈！
哈哈！哈哈！
哈哈！哈哈！
哈哈！哈哈！
哈哈！哈哈！
哈哈！

嘿嘿！嘿嘿！嘿嘿！我喜欢这种表达方式！！
嘿嘿！嘿嘿！嘿嘿！嘿嘿！整体刺绣！
噢，你知道这是什么吗？
她从来没见过阴茎，并不意味着她什么都不知道！
你开玩笑，但这件事比你以为的流行得多！
什么？？？有许多女人这么做吗？

> 这是显而易见的！女人的道德约束在放宽！如今，女孩子婚前不再是处女。她们像男人一样放荡随便，然后再修补起来去结婚！这样便皆大欢喜！

> 那么男人呢！男人怎么做？他们也把自己缝合起来吗？

> 那不一样……

> 哈哈！哈哈！哈哈！你知道吗？不仅有整体刺绣把你完全挡在外面！哈哈！哈哈！哈哈！还有局部刺绣呢！哈哈！哈哈！哈哈！……

> ……那天我去参加一个葬礼。从墓地回来后，大家都聚集在死者的家里。有两个女人坐在我旁边闲谈。我承认，我偷听了她们的谈话……

> 我听说你住在欧洲。

> 是的。我住在卢森堡。

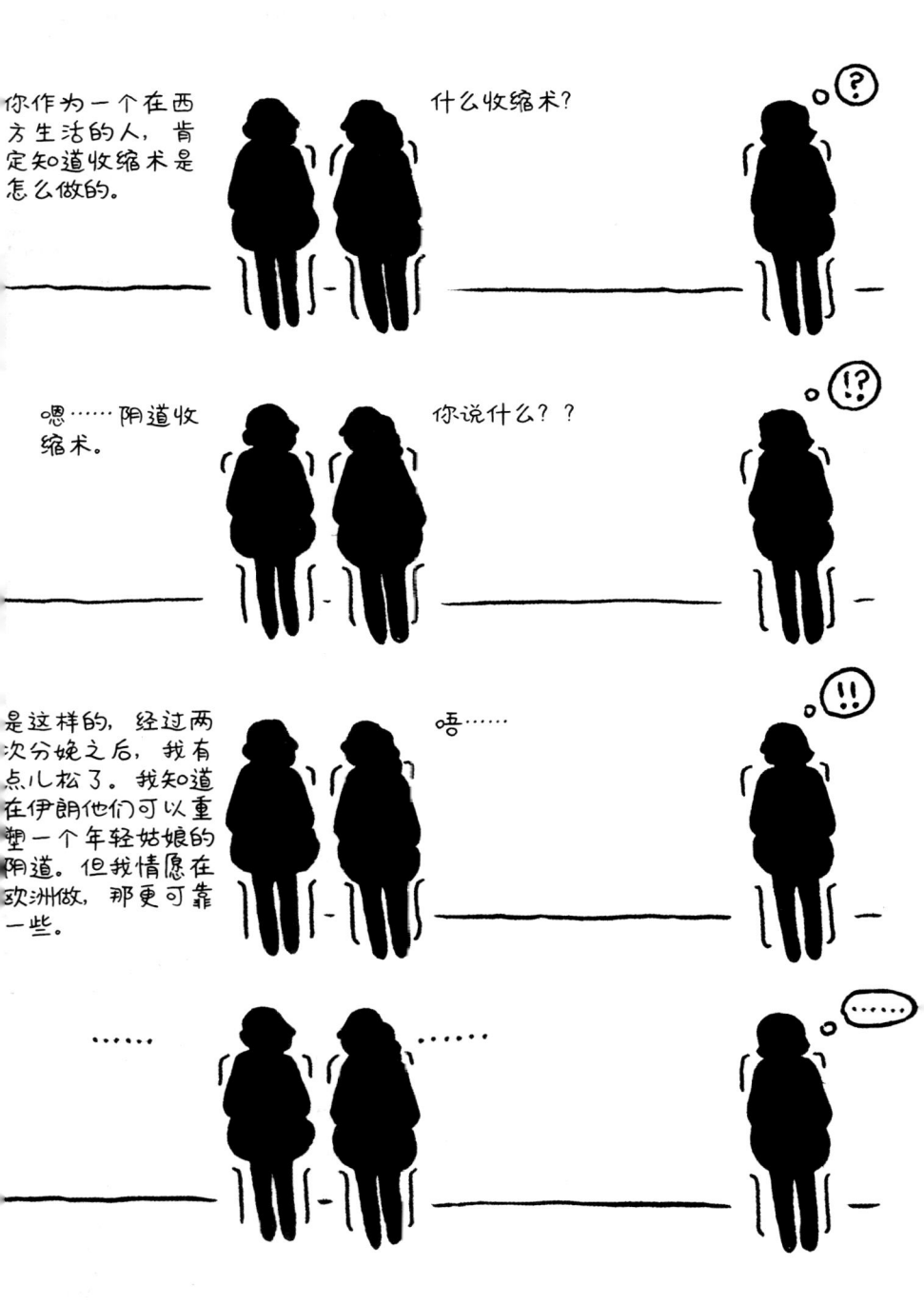

你作为一个在西方生活的人，肯定知道收缩术是怎么做的。

什么收缩术？

嗯……阴道收缩术。

你说什么？？

是这样的，经过两次分娩之后，我有点儿松了。我知道在伊朗他们可以重塑一个年轻姑娘的阴道。但我情愿在欧洲做，那更可靠一些。

唔……

……

……

……

听着！我和你一样生过两个孩子。我认为阴道就像一根橡皮筋。质量好的橡皮筋，一直都很有弹性，哪怕你拉它一百五十次，也有的橡皮筋用了两次就没弹性了。

如果你看到那个想做收缩术的女人脸上的表情就好了！我太想放声大笑了！所以你瞧，你也可以做同样的事！

不！对我来说，这是原则问题……

……想想吧，那位可怜的纳希德如果生在这个时代，就可以给自己来个刺绣，而不是去割她可怜的丈夫了！

别忘了是你建议她那么做的！

据我所知，我从来没有怂恿任何人去割蛋蛋。

凭什么女人必须是处女呢？为什么要忍受痛苦去满足一个混蛋呢？要求女人严守"贞操"就是不折不扣的混蛋！我们为什么不能像西方人那样？！对他们来说，因为性的问题解决了，就能集中精力去做别的事情！这就是他们进步的原因！！！

同样是在西方，上流社会的人，比如那些贵族，在这个问题上跟我们的观点是一样的。在他们看来，贞操十分宝贵。

这是因为贵族都是堕落分子！你只要看看我家里的那些人就行了！

「算了！我们不在乎……如果有人想把自己缝起来，就随她们去吧！」

「可是人应该学会接受自己做的事情！」

「帕维妮，你忘记了，并不是每个人都拥有你那样的力量和勇气……」

「勇气不是天生的，而是培养的。」

「如果是像你这样的艺术家，当然比较容易。你做什么几乎都会得到原谅。」

「不是因为我是个艺术家。我被接受，是因为我期待被接受。」

「精彩，姨妈！」

「谢谢你，亲爱的！」

「姨妈指责我们堕落，并没有完全说错。」

「对不起，我不是那个意思。」

「但你说得对。」

几个月前,我的一个很久没见面的表妹突然来找我……

你说的是那个硕果仅存的奇葩吗,塔基?

是的,姨妈!我现在可以讲故事了吗?

噢,抱歉,亲爱的!我这就闭嘴!我保证!

嗯,就像我刚才说的,我的表妹帕瓦内尔过来看我……

塔基!我有一件很重要的事情告诉你!

进来,进来!

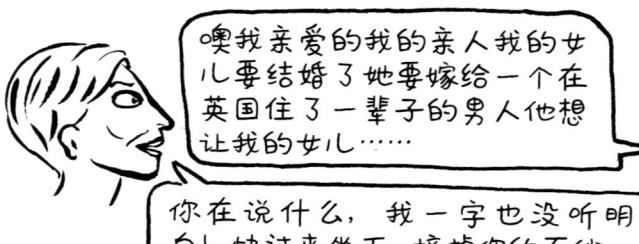

噢我亲爱的我的亲人我的女儿要结婚了她要嫁给一个在英国住了一辈子的男人他想让我的女儿……

你在说什么，我一字也没听明白！快过来坐下，摘掉你的面纱，来……

巴哈尔要结婚了！你明白吗？我的女儿要结婚了！！！

可是她刚拿到高中毕业文凭！

要娶她的那位绅士是个亿万富翁！在伦敦有七栋房子，在摩纳哥还有两栋。

伦敦的一个亿万富翁！可是他多大年纪呢？

四十一岁！他最近二十五年一直住在伦敦。他上过皇家学院。这个岁数的男人，知道自己想要什么！

啊，塔基！这太棒了，太美妙了！我别提多高兴了！

你能否向我解释一下,一个四十一岁的男人,基本上一辈子都住在欧洲,还受过教育,为什么要娶一个十八岁的女孩呢?

嗯,你知道西方女孩是什么样儿……她们不再纯洁,十岁、十一岁就开始乱来。他是一个伊朗人。他有自己的价值观,这是值得称赞的!

听我说,帕瓦内尔!既然你来看我,我认为我有权利把我的观点告诉你:知道吗,我认为你正在犯下一个严重的错误!巴哈尔还很年轻。让她学习,变得独立,成为了不起的人!你自己去嫁给那个你看中的男人好了。让巴哈尔有机会和时间慢慢成长,自己做出决定。

结果呢?每次我跟"我看中的那个男人"吵架,他都指责我当年主动追他,意思是一个好女孩儿会等着他来提亲。

不,塔基!她要结婚。她还有年轻作为资本,不像我,一直被人称作"老婆娘"!

我苦口婆心地向我那白痴表妹解释，不应该把自己的孩子送到一个陌生人怀里，就因为他是个富翁。我说钱在生活里不是万能的……可是没用，根本说不通。她已经拿定了主意！最后，到了婚礼的那天晚上……

……从我家到婚礼现场的路上，我一直忍不住想到那个可怜的孩子。

贱女人！

噗……

我们到了。

> 你来了我真高兴。

> 哈尔就像我自己的女儿一样。不管怎样我肯定要来的。对了，他们在哪儿呢？她和她的丈夫？

> 他们正在那儿拍照呢。

> 太好了！我们过去祝贺他们。待会儿见。

> 好的！

于是,我和艾比过去祝贺一对新人,结果,我们看见了什么呢?
巴哈尔坐在沙发上,旁边不是她的丈夫……

……而是她丈夫的一张照片！！！

帕瓦内尔！

新郎在哪儿？

噢，在家里，在伦敦……

我找到艾比，我们立刻就回家了。如果再待下去，我肯定会把我的拳头塞进我表妹嘴里。终于……一星期之后，巴哈尔去伦敦跟丈夫团圆了，她离开后两个星期，帕瓦内尔又来找我了……

塔基！巴哈尔昨晚回来了！

什么？

哦，天哪！哦，她丈夫……她丈夫！

她丈夫怎么啦？

她丈夫是个变态……

"变态"是什么意思？？

她丈夫是个同性恋，是个娘炮！你明白吗，我把我的女儿嫁给了一个变态，一个肮脏的同性恋，他根本不知道怎么让我的女儿得到满足，你能相信吗……

这么说，她丈夫是个同性恋。好了，平静一点，坐下来，把面纱摘掉。来吧……

哦,天哪,塔基!她从她丈夫家里逃出来了!哦,天哪!……她告诉我,每天夜里她丈夫不是睡在床上,而是,而是睡在床底下。睡在床底下!你能想象吗??他睡在床底下,发出豺狼一般的嗥叫。

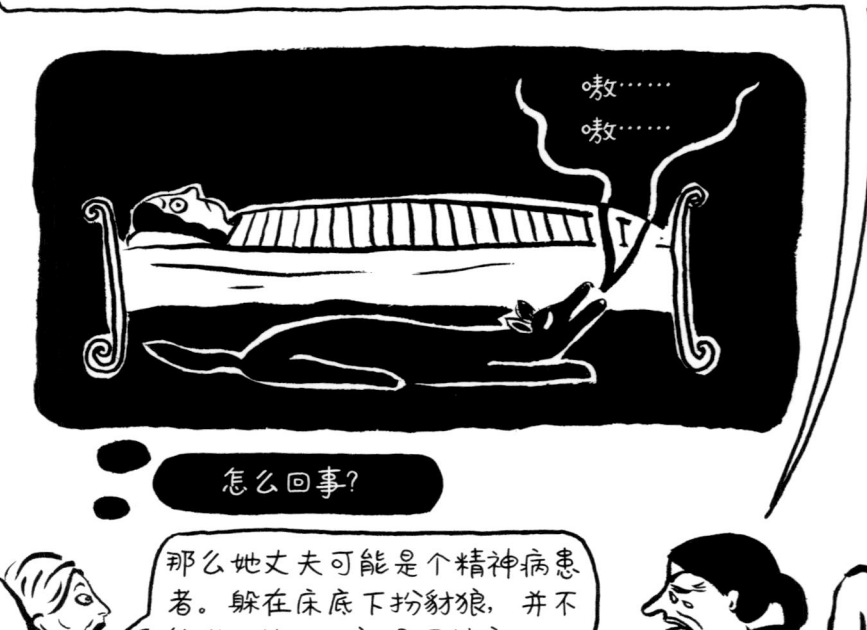

嗷……
嗷……

怎么回事?

那么她丈夫可能是个精神病患者。躲在床底下扮豺狼,并不能说明这个人就是同性恋。

是啊……只是……他各方面都不对劲儿。他是个精神病患者加同性恋……

哦，塔基！巴哈尔告诉我各种各样的可怕故事……有一天，她从超市回家，发现家里还有一个男人，这个男人把他的手放在她丈夫的大腿上。还有一次，巴哈尔逮了她丈夫一个措手不及，这次是他把手放在另一个男人的大腿上。还有一次，巴哈尔看见他同时亲吻三个男人……

……不过，也好，在每一种不幸当中，都有一些积极的东西。我女儿还是个处女。她完全有机会再嫁人。

神啊，让她闭嘴吧！！！

出什么事了？难道我说了什么不该说的话？
我认为不是，妈妈！
怎么回事，我的孩子？快说话，别这么哭！
怎么回事？难道你爱了一个同性恋？你的人是个精神病患者？？怎么回事？
别哭了，你哭得我心都碎了！
我可怜的妹妹永远没法从这个故事中恢复过来了。
什么故事？

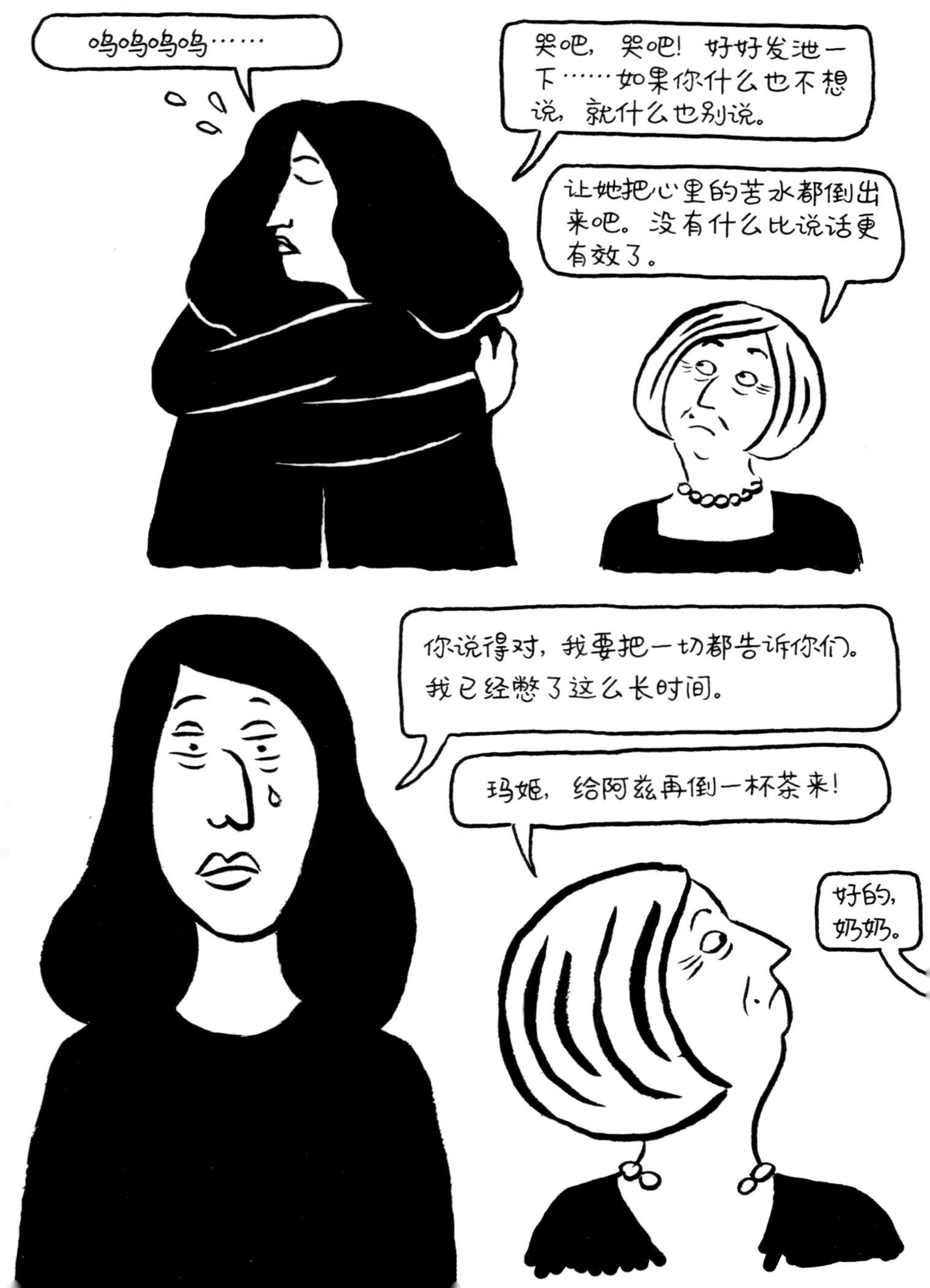

呜呜呜呜……
哭吧，哭吧！好好发泄一下……如果你什么也不想说，就什么也别说。
让她把心里的苦水都倒出来吧。没有什么比说话更有效了。
你说得对，我要把一切都告诉你们。我已经憋了这么长时间。
玛姬，给阿兹再倒一杯茶来！
好的，奶奶。

> 阿兹以前是我们的邻居。

曾经搬进我们楼里住了两年，然后就去跟她的姐姐和父母一起生活了。她非常善良，非常低调。她太低调了，没有一个人了解她的生活。

……那年我在护士学校学习。有一天，我从学校回来，我妈妈告诉我，我们的一位邻居过来为她的侄子向我提亲了，那个侄子住在瑞士，想找一个伊朗好人家的好女孩儿结婚。

我父母对我说，这件事完全由我自己做决定。我考虑了很长时间，我还跟我的姐姐和闺蜜们反复讨论。

如果我是你，就会谨慎行事。

如果我是你，一秒钟都不会犹豫。你有机会在欧洲生活，再也不用戴面纱！做个自由人！！！你还想要什么呢？

在这里，在伊朗，我们没有未来。去吧，去结婚吧，远走高飞吧！！

我把姐姐的谨慎当成嫉妒……
我也心心念念地向往着西方。
每次我看MTV,都告诉我自己:生活在别处。

> MTV 是什么?
>
> 你知道的,就是那个音乐频道!
>
> 全是蠢货半裸着身子唱歌的那个?
>
> 是的,奶奶!
>
> 哦,这个可怜的阿兹太愚蠢了!

最后,在反反复复考虑了一千遍之后,我告诉父母我愿意。于是我妈妈给邻居打了电话,邻居立刻给她的哥哥嫂嫂打电话,让他们过来正式向我提亲。他们给我带来了他的这张照片,说他过一个月来德黑兰,因为就算他们的儿子英俊、体面、有才华,我也应该先认识他才能订婚!看,这就是他!

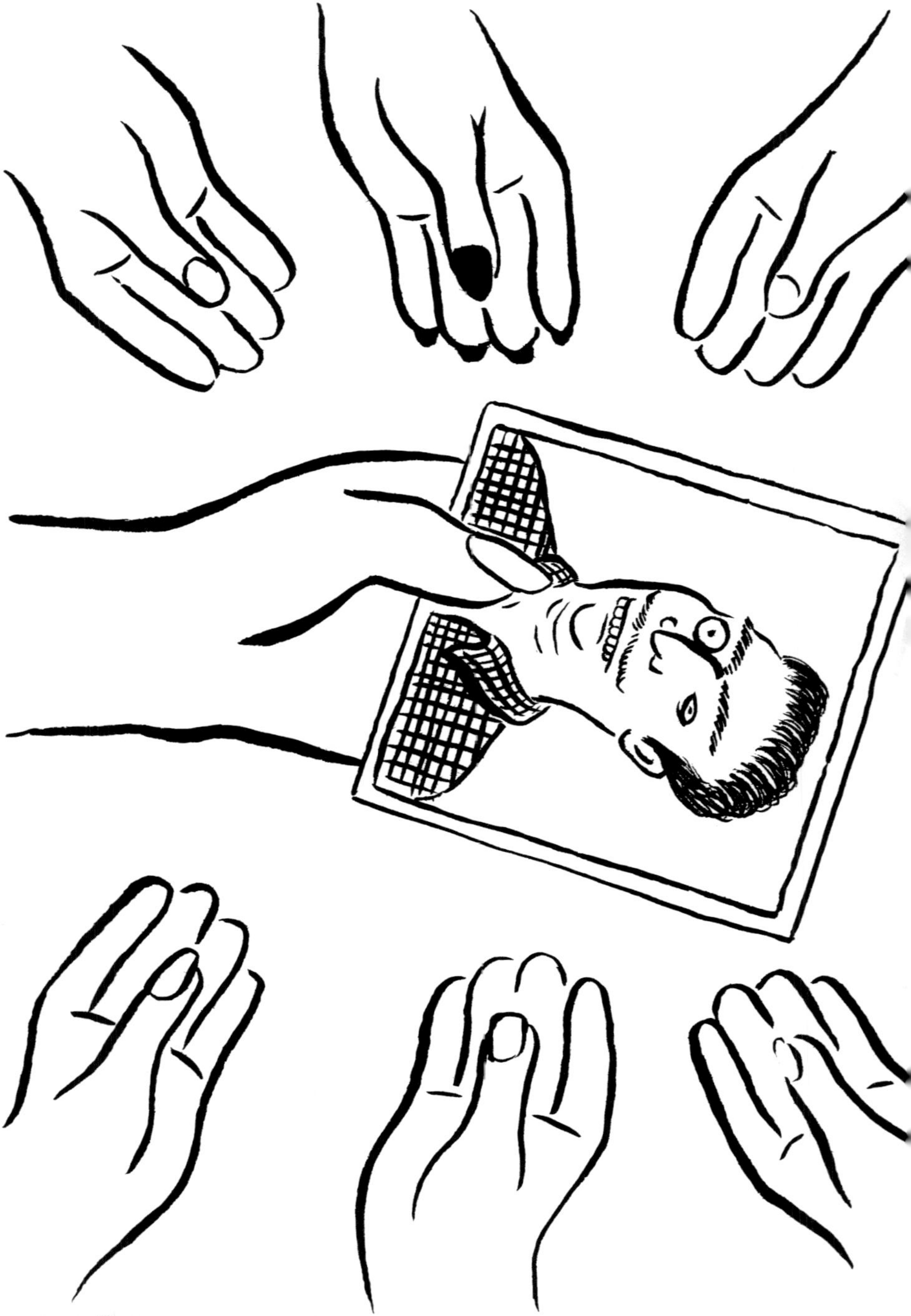

哦，见……！他……他，你怎么说……倒是很性感……

哦，是的！……问题就出在这里……

……他外表的光鲜亮丽掩盖了灵魂的阴暗！常言道，帅气的男人不可信，不是没有道理！我应该相信的！他太完美了，不可能像他外表上看着那么好。

……我还记得他第一次带我去餐馆……

——我在洛桑有三家旅馆。
——哦，太棒了！

——那么我可以和你一起工作！你知道，我特别渴望能够独立！
——我喜欢女人这一点：独立！

——至于生孩子嘛，我想我们还是等一等！
——只要你愿意，等多久都行！
——我想大概五年吧。让我们充分享受二人世界！
——我也这么想，我十分渴望二人世界！

——我可以邀请我的朋友们从伊朗过来吗？
——当然可以！不然五千平尺*的豪宅有什么用？
——你的房子有五千平尺？
——不算地下室是五千平尺。算上地下室、阁楼什么的，有差不多九千平尺呢！

* 1平(方)尺 ≈ 0.111 平方米

总之，我说什么他都同意。如果你们知道他对我做的那些承诺！比如，他对我说，如果我愿意，可以继续学习，因为他已经雇了一个女佣，把打扫卫生的工作全包了。

不管是谁处在我的位置上，都会被他的花言巧语所打动。

……就这样,我们结婚了。我去找了德黑兰最好的发型师。从我美好童年时代起,我内心就只有一个愿望:看到我自己打扮成新娘的样子。我的梦想终于实现了。更美妙的是,我的婚纱是塔巴塔巴伊夫人设计的,你们知道,她是超级著名的设计师。婚礼上来了七百位客人。我收到了那么多珠宝首饰,简直需要再多几个手指、胳膊、耳朵和脖子才能把它们都戴上。太不可思议了。*

* 在伊朗,婚礼中几乎所有的礼物都是给新娘的。

婚礼后的第二天，他开始为他的下毒计划奠定基础。

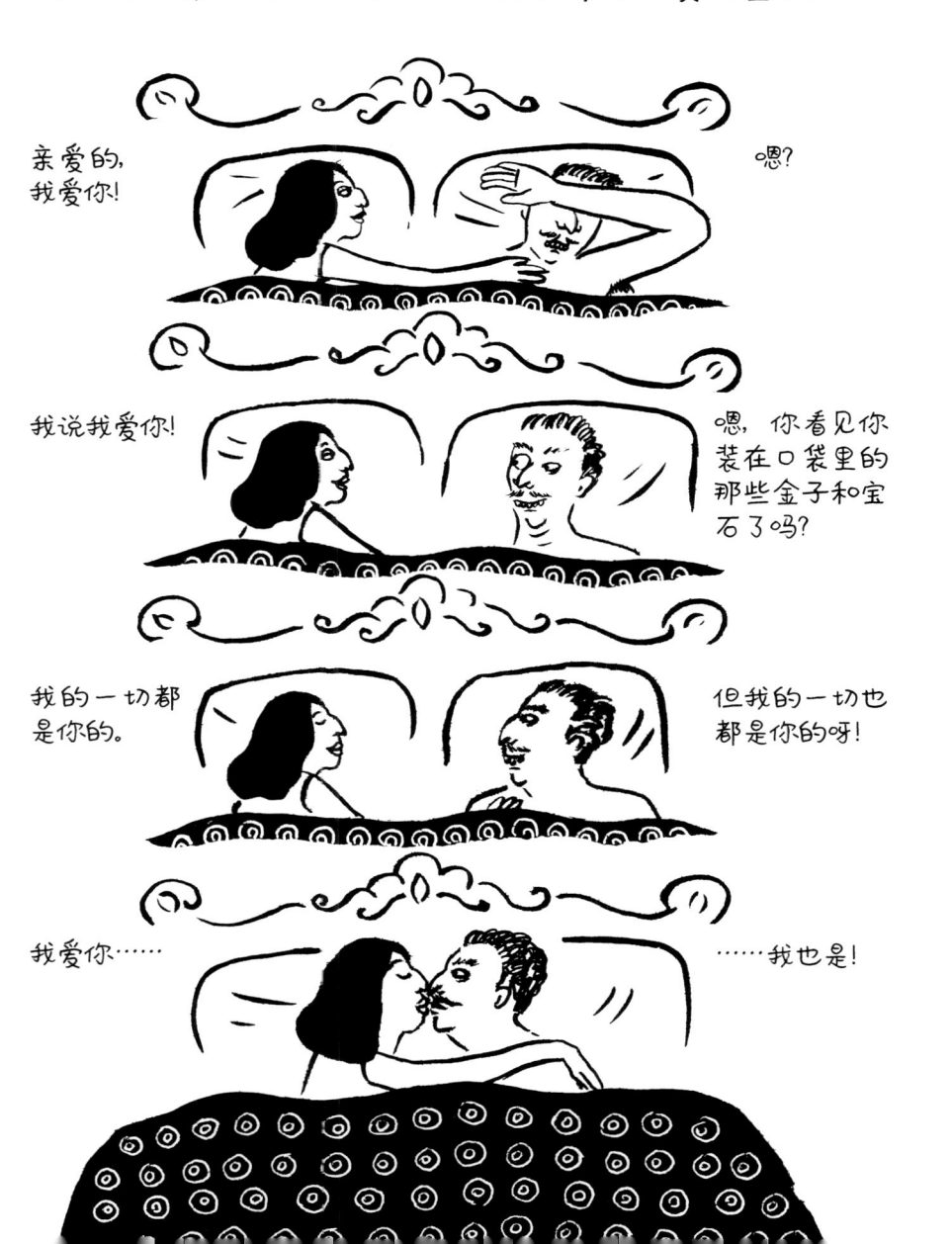

亲爱的，我爱你！

嗯？

我说我爱你！

嗯，你看见你装在口袋里的那些金子和宝石了吗？

我的一切都是你的。

但我的一切也都是你的呀！

我爱你……

……我也是！

你什么时候动身去瑞士？
一星期或十天以后……
……你知道我多么不愿意把你一个人留下，可是没办法，任务在身。
我一拿到签证就过来找你。
不会太长时间的。你是我的妻子。而且，我认识交通部长。
他认识部长！
……有他帮忙，我相信从现在起最多三个月，你就能来到我身边。

爵士，巧克力，部长，MTV……

亲爱的，你知道，你只允许带几克黄金出国。

我很高兴你提起这个话头。从昨晚起我就一直在琢磨这件事。

你知道，在洛桑，你会遇到一些层次很高的人，在他们看来，戴首饰是非常非常重要的。如果你愿意，我在海关认识人。我可以替你把它们带出国，帮你收着，等你过来。但这件事取决于你。你如果想把它们留给你的父母，就留给他们好了。我无所谓。

我认为还是让你带走比较好。

就这样！他带着我的首饰离开了。两个月没有他的任何消息。我试着让自己相信他日理万机，忙于他的旅馆和社交活动。终于有一天……

阿兹！你有一封信！

一封信？谁寄来的？

你的丈夫！

谢天谢地！

那么，那么！他说什么了？事情办妥了？你的签证拿到了？

哦，哦

他……他想要离婚……

呜呜呜……他跟我离婚了……呜呜……他和我过了一夜，就跟我离婚了！

就这一夜，我什么都失去了！呜呜……什么都失去了！我的贞操，我的首饰……

你为你的首饰哭泣，我能理解。你并不是每天都能得到许多千克的黄金。但至于你的贞操嘛……既然你结过婚又离了，不再是处女也是正常的！你可以想跟谁做爱就跟谁做爱，没有人会知道！

没错！下面没有测量表了！

可是没有人会娶一个离过婚的女孩！！

别说了，即使男人的态度也在改变！

不……

是的！我有一个表弟，以前总是声称他只会娶个处女。那天他给我打电话，跟我说他已经改变了想法。我祝贺他思想开明时，他回答说："玛姬，我改变想法，是因为现在的女孩都不再是处女了。"他原话就是这么说的。你明白了吧？

好了，别再哭鼻子了。如果你这么怀念你的贞操，就去做个刺绣好了！至于别的嘛，你当初想嫁给这个男人，是因为他的旅馆、他的部长和他的TMV……

这就是生活！有时候你骑在马背上，有时候是马骑在你的背上。

你们在谈什么呢?什么马?有人去骑马了吗?

回去,睡你的觉去!

> 不,我敢发誓……我听见在说"马"。

> 我说,拜托了,莎塔碧!这跟你有什么关系呢?去吧,去睡觉吧!那对你有好处。

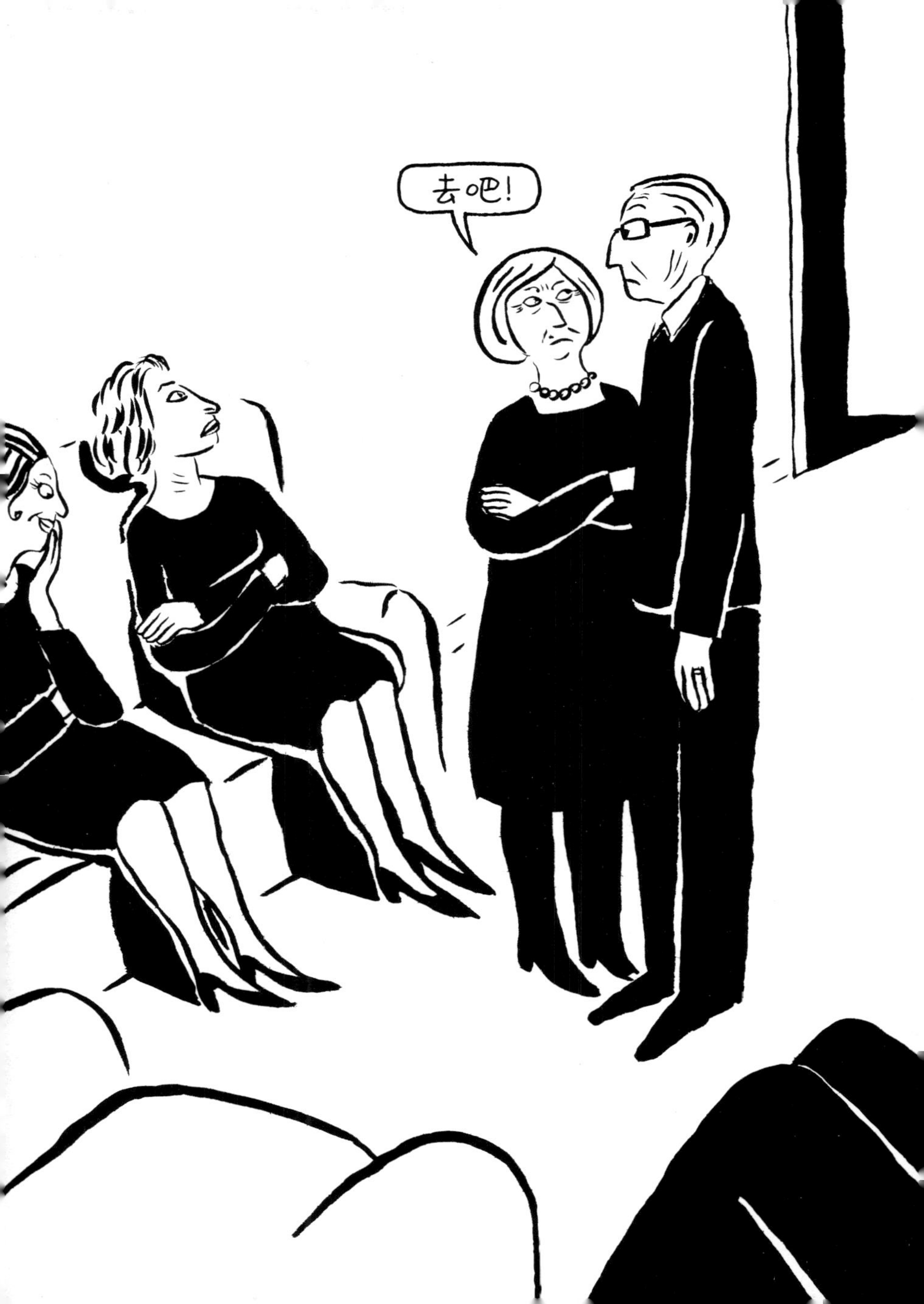
去吧!

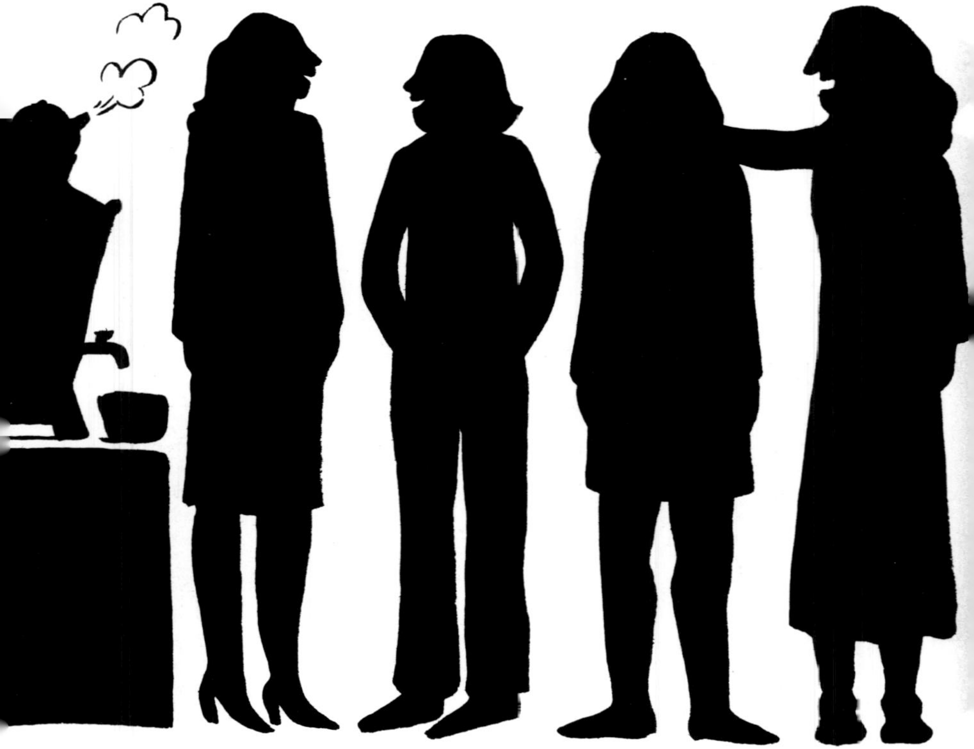

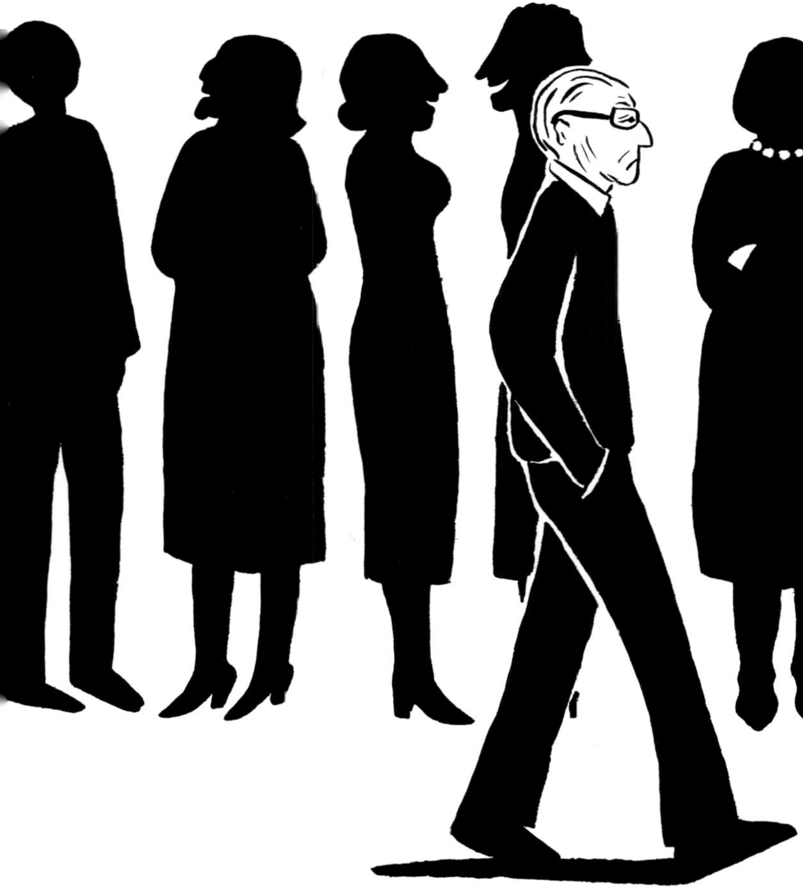

> 蛇上了年纪，连青蛙都敢对它指手画脚。